VENTE

DE LA

BIBLIOTHÈQUE

DE M. MARCEL LAMBERT

Ancien Architecte des Palais de Versailles et des Trianons

DE SES

AQUARELLES ET DESSINS

Ayant servi à l'illustration de l'ouvrage

VERSAILLES ET LES DEUX TRIANONS

DE MM. PH. GILLE ET MARCEL LAMBERT

DESSINS ET GRAVURES

Ouvrages sur les Beaux-Arts,

l'Architecture, sur Versailles et les Trianons

VENTE DES 6 ET 7 AVRIL 1914, A VERSAILLES

PAR LE MINISTÈRE

DE Mᵉ GEORGES FERREY, COMMISSAIRE-PRISEUR

9, rue Sainte-Geneviève, à VERSAILLES

ASSISTÉ

De M. JULES MEYNIAL, EXPERT LIBRAIRE

30, boulevard Haussmann, à PARIS (IXᵉ)

CATALOGUE

DE LA

BIBLIOTHÈQUE

De M. MARCEL LAMBERT

LA VENTE AURA LIEU

Les 6 et 7 Avril 1914

A 2 HEURES PRÉCISES

HOTEL DES COMMISSAIRES-PRISEURS, A VERSAILLES

9, rue Sainte-Geneviève, 9

PAR LE MINISTÈRE

DE Me **GEORGES FERREY**, COMMISSAIRE-PRISEUR

9, rue Sainte-Geneviève, à Versailles

ASSISTÉ DE **M. Jules MEYNIAL**, LIBRAIRE

30, boulevard Haussmann, à Paris (IXe)

EXPOSITION A PARIS

Les *Dessins et Aquarelles* pourront être examinés à l'annexe de la librairie JULES MEYNIAL, 15, rue du Helder, du 23 au 31 Mars 1914.

EXPOSITION A VERSAILLES

A L'HOTEL DES VENTES, 9, rue Sainte-Geneviève, le **Dimanche 5 Avril 1914**, de 1 heure et demie à 5 heures.

ORDRE DES VACATIONS

Le Lundi 6 Avril	Nos 154 à 243.
— —	Livres en lots.
Le Mardi 7 —	Nos 1 à 153.
— —	Dessins et gravures en lots.

CONDITIONS DE LA VENTE

La vente se fait au comptant.

Les acquéreurs paieront *dix pour cent* en sus des enchères.

M. JULES MEYNIAL se réserve la faculté de réunir ou diviser les numéros du Catalogue. Il remplira les commissions des personnes qui ne pourraient assister à la vente.

VENTE

DE LA

BIBLIOTHÈQUE

DE M. MARCEL LAMBERT

Ancien Architecte des Palais de Versailles et des Trianons

DE SES

AQUARELLES ET DESSINS

Ayant servi à l'illustration de l'ouvrage

VERSAILLES ET LES DEUX TRIANONS

DE MM. PH. GILLE ET MARCEL LAMBERT

DESSINS ET GRAVURES

Ouvrages sur les Beaux-Arts,

l'Architecture, sur Versailles et les Trianons

VENTE DES 6 ET 7 AVRIL 1914, A VERSAILLES

PAR LE MINISTÈRE

De Mᵉ **GEORGES FERREY,** COMMISSAIRE-PRISEUR

9, rue Sainte-Geneviève, à **VERSAILLES**

ASSISTÉ

De **M. JULES MEYNIAL,** EXPERT LIBRAIRE

3o, boulevard Haussmann, à **PARIS (IXᵉ)**

NOTE DE L'EXPERT

Il m'a semblé fastidieux, pour le lecteur de ce Catalogue, de lui répéter à chaque numéro la qualité de ces aquarelles.

Nous nous trouvons devant l'œuvre considérable accomplie par l'Architecte pendant ses travaux de restaurations au Palais de Versailles. Ce que MM. les Amateurs ou Amis de Versailles ne doivent pas perdre de vue, c'est que ces dessins et aquarelles ne sont pas des compositions faites de chic, mais des documents précieux, pour la plupart uniques, établis sur une échelle déterminée, dont la plupart ont servi même à la restauration du Château ou de ses dépendances, et nous donnent un état ou monographie en 1914 de ce superbe domaine, unique au monde.

Il ne faudrait pas croire, d'après ce que je viens de dire de ces dessins, qu'ils sont ce que nous appelons vulgairement un travail d'architecte. Au contraire, chaque pièce a une valeur artistique considérable et qui caractérise le beau talent de dessinateur et d'aquarelliste de M. Marcel Lambert.

J. M.

AQUARELLES ET DESSINS

De M. MARCEL LAMBERT

POUR VERSAILLES ET LES TRIANONS

LES TRIANONS

LAMBERT (Marcel).

1. — Palais du Grand Trianon (ensemble, état actuel).
Aquarelle.   H. : 0,19; — L. : 0,43.

2. — Palais du Grand Trianon, coupe sur l'axe principal.
                              H. : 0,13 1/2; — L. : 0,54.

Plan d'ensemble du Palais du Grand Trianon (rez-
de-chaussée), coupe suivant la longueur du grand
vestibule.
                              H. : 0,37; — L. : 0,54.

Aquarelle, 3 pièces.

2

3. — Théâtre (Petit) de Marie-Antoinette :

Coupe transversale du Petit Théâtre.

H. : 0,40; — L. : 0,44.

Coupe sur l'axe du Petit Théâtre.

H. : 0,43; — L. : 0,55.

Aquarelle, 2 pièces.

On y joindra le plan primitif du Théâtre de Marie-Antoinette.

4. — Petit Trianon. Façade principale du Palais avec l'avant-cour et la grille.

Aquarelle.　　　　　　　H. : 0,29; — L. : 0,35.

5. — Petit Trianon. Vue du Palais côté des jardins.

Aquarelle.　　　　　　　H. : 0,30; — L. : 0,42.

6. — Petit Trianon. Vue du Palais côté du Jardin français.

Aquarelle.　　　　　　　H. : 0,29; — L. : 0,43.

7. — Petit Trianon :

Vue de la Laiterie et de la Tour de Marlborough.

H. : 0,18; — L. : 0,26.

Plan de la Laiterie et de la Tour.

H. : 0,22; — L. : 0,32.

La Maison du Seigneur (maison de la Reine). État ancien.

H. : 0,18; — L. : 0,47.

Plan de la Maison du Seigneur.

H. : 0,32; — L. : 0,54.

Plan du Moulin (Hameau).

H. : 0,17; — L. : 0,28.

Plan du Palais du Petit Trianon (rez-de-chaussée).

H. : 0,42; — L. : 0,41.

(1er étage).

H. : 0,56; — L. : 0,36.

7 pièces.

8. — Petit Trianon :

Vue perspective du Temple de l'Amour.

H. : 0,44; — I.. : 0,35.

Plan et coupe du Temple de l'Amour.

H. : 0,40 : — L. : 0,20.

Aquarelles, 2 pièces.

9. — Petit Trianon :

Vue d'ensemble de l'intérieur du Pavillon de Musique.

H. : 0,44; — L. : 0,35.

Voussure du Pavillon de Musique.

H. : 0,23; — L. : 0,42.

Panneaux décoratifs du même Pavillon.

H. : 0,29; — L. : 0,22.

Plan et coupe du même Pavillon.

H. : 0,39; — L. : 0,24.

Aquarelles, 4 pièces.

10. — Petit Trianon :

> Pavillon français, vue perspective.
>
> H. : 0,33 ; — L. : 0,48.
>
> Plan du Pavillon français.
>
> H. : 0,45 ; — L. : 0,45.

Aquarelles, 2 pièces.

11. — Petit Trianon. Vue d'ensemble de l'intérieur du Pavillon français.

Aquarelle H. : 0,45 ; — L. : 0,35.

On y joindra la mise à l'échelle de l'intérieur du même Pavillon.

12. — Cascade dite Le Buffet, de Mansart.

Belle aquarelle inachevée. H. : 0,41 ; — L. : 0,64.

13. — Trianon :

> La Cascade dite Le Buffet, de Mansart. Trois dessins à la plume, **3** pièces.
>
> Plan et coupe du Buffet.

Aquarelle. H. : 1,20 ; — L. : 0,65.

Ensemble, 5 pièces.

LE PARC

~~~~~~~~~~

14. — Palais de Versailles :

Plan ancien du Labyrinthe et des Bosquets rocailles (1683).

Ancien plan du Bosquet des Trois-Fontaines.
Plan de l'ancien Bosquet de l'Arc-de-Triomphe.

Plan ancien du Théâtre d'Eau.

Plan ancien du Parterre d'Eau et du Parterre de
Latone.

Plan du bassin de l'Obélisque.

Plan de la Ménagerie (1698).

Ensemble, 6 pièces.

Réunion très intéressante de Plans rétrospectifs des bosquets du Parc.

15. — Parc de Versailles :

Plan du Petit Parc, avec les diverses canalisations.
H. : 0,54 ; — L. : 0,38.

Coupe et plan du Bassin de Latone, avec les canalisations.
H. : 0,65 ; — L. : 0,45.

Plan du Bassin de Neptune, avec ses effets d'eau.
H. : 0,72 ; — L. : 1,00.

Ensemble, 3 pièces.

16. — Vue générale du Tapis Vert et du Canal, prise du haut des degrés de Latone.

Aquarelle.   H. : 0,28; — L. : 0,58.

17. — Bassin de Cérès.

Aquarelle.   H : 0,35; — L. : 0,45.

18. — Bassin des Couronnes ou des Sirènes.

Aquarelle.   H. : 0,24; — L. : 0,33.

19. — Bassin de Flore.

Aquarelle.   H. : 0,23; — L. : 0,37.

20. — Bassin de Neptune, vue d'ensemble avec ses effets d'eau.

Aquarelle.   H. : 0,25; — L. : 0,58.

21. — Bassin de Neptune pendant une fête de nuit en 1900.

H. : 0,25; — L. : 0,59.

Superbe aquarelle représentant les illuminations et jeux d'eau lumineux et l'embrasement du Parc.

22. — Bassin de Neptune. Groupe de Neptune et Amphitrite.

Aquarelle.   H. : 0,35; — L. : 0,44.

23. — Bassin de Neptune. Groupe de Lemoine.

Aquarelle.   H. : 0,34; — L. : 0,43.

24. — Bassin des Enfants dorés, vestige du Théâtre d'Eau.

Aquarelle.   H. : 0,14; — L. : 0,35.

25. — Bassin de l'Encelade.
   Aquarelle.   H. : 0,45 ; — L. : 0,34.

26. — Le Char d'Apollon (dit Char embourbé).
   Aquarelle.   H. : 0,30 ; — L. : 0,42.

27. — Le Combat d'animaux, pièce d'eau à droite du Par-
      terre d'Eau.
   Aquarelle.   H. : 0,33 ; — L. : 0,44.

28. — Colonnade. Motif central de la Colonnade. Enlève-
      ment de Proserpine, par Girardon.
   Aquarelle.   H. : 0,38 ; — L. : 0,22.

29. — Colonnade. Vue en perspective de la Colonnade et
      ses effets d'eau.
   Aquarelle.   H. : 0,45 ; — L. : 0,33.

30. — Colonnade. Vue d'une travée de la Colonnade.
   Aquarelle.   H. : 0,54 ; — L. : 0,32.

31. — Colonnade :
      Un Tympan de la Colonnade.
                     H. : 0,50 ; — L. : 0,50.

      Vasque de la Colonnade.
                     H. : 0,15 ; — L. : 0,23.

      Plan de la Colonnade avec ses canalisations et
      une coupe.
                     H. : 0,61 ; — L. : 0,46.
   Ensemble, 4 pièces.

32. — Diane Triomphante, du Bosquet de l'Arc-de-Triomphe.

Aquarelle.   H. : 0,33; — L. : 0,42.

33. — Les Dômes :

Motifs de la balustrade des Dômes, 2 pièces.
       H. : 0,21 et 0,25 ; — L. : 0,26 et 0,22.

Plan de l'un des édicules des Dômes.
       H. : 0,27 ; — L. : 0,27.

Plan des Dômes avec les canalisations.
       H. : 0,58 ; — L. : 0,44.
Aquarelles, 5 pièces.

34. — Grotte de Thétis. Façade.

Aquarelle.   H. : 0,52 ; — L. : 0,78.

35. — La Fontaine dorée, dite « Le Pot bouillant ».

Aquarelle.   H. : 0,42 ; — L. : 0,33.

36. — Les Rocailles. Vue perspective et des effets d'eau.

Aquarelle.   H. : 0,34 ; — L. : 0,42.

37. — Vase aux cannelures (Tapis Vert).

Aquarelle.   H. : 0,35 ; — L. : 0,24.

38. — Vase forme soupière du Bassin de Neptune.

Superbe aquarelle.   H. : 0,34 ; — L. : 0,25.

39. — Vase de bronze de la Terrasse, par Claude Ballin.

Aquarelle.   H. : 0,37 ; — L. : 0,27.

40. — Vase de bronze des frères Keller (Parterre du Midi).
Aquarelle.   H. : 0,36; — L. : 0,27.

41. — Vase de bronze.
Aquarelle.   H. : 0,37; — L. : 0,27.

42. — Vase de marbre des degrés de Latone.
Aquarelle.   H. : 0,38; — L. : 0,27.

43. — Vase de marbre (Parterre du Midi).
                              H. : 0,40; — L. : 0,27.

Vase au Soleil (Tapis Vert).
                              H. : 0,25; — L. : 0,20.

Vase du Fer à Cheval (Trianon).
                              H. : 0,22; — L. : 0,18.

Aquarelles, 3 pièces.

44. — Vase de la Terrasse, par Coysevox.
                              H. : 0,38; — L. : 0,32.

Le Vase aux instruments de musique.
                              H. : 0,36; — L. : 0,27.

Vase aux guirlandes de lierre.
                              H. : 0,34; — L. : 0,15.

2 aquarelles, plume, 3 pièces.

LES APPARTEMENTS

45. — Palais de Versailles :

    Plans des bâtiments et des appartements aux époques Louis XIII et Louis XIV.

47 pièces.

    Série très importante de plans, utile pour la compréhension de mémoires historiques de ces époques. Ces plans donnent l'emplacement des pièces occupées par les personnages de la Cour et la famille du Roi.

46. — Porte de la Chambre du Roi.

    Aquarelle.   H. : 0,44; — L. : 0,28.

47. — Chambre de Louis XV (état actuel).

    Aquarelle.   H. : 0,39; — L. : 0,29.

48. — Entrée de l'Escalier de la Reine. Façade du Palais.

    Aquarelle.   H. : 0,50; — L. : 0,60.

    Dessin ayant servi à la restauration.

49. — Escalier de la Reine. Vue perspective d'ensemble.

    Aquarelle.   H. : 0,57; — L. : 0,45.

50. — Escalier de la Reine. Motif principal (plomb doré).

    Aquarelle.   H. : 0,57; — L. : 0,28.

51. — Dessus de porte de la Chambre de la Reine.

H. : 0,41 ; — L. : 0,19.

Antichambre de la Reine. Porte et dessus de porte.

H. : 0.34 ; — L. : 0,14.

Aquarelles, 2 pièces.

52. — Angle de la voussure du Salon de la Reine.

Aquarelle. H. : 0,33 ; — L. : 0,31.

53. — Plafond du Salon de la Reine.

H. : 0,29 ; — L. : 0,28.

Voussure de la Chambre de la Reine.

H. : 0,20 ; — L. : 0,27.

Voussure de la salle dite du Grand-Couvert. Grands Appartements de la Reine.

H. : 0,15 ; — L. 0,19.

Angle de la voussure du vestibule des Grands Appartements.

Aquarelles, ensemble 4 pièces.

54. — Porte de la Salle des Gardes de la Reine.

Aquarelle. H. : 0,31 ; — L. : 0,25.

55. — Ebrasement dans l'appartement de Mme Du Barry (2 étages des combles).

Aquarelle. H. : 0,45 ; — L. : 0,33.

Angle de corniche des salles de Mme de Pompadour (rez-de-chaussée).

Plume et lavis. H. : 0,27 ; — L. : 0,42.

2 pièces.

56. — Escalier des Ambassadeurs :

Panneau de l'escalier : *Reddition de Cambrai*.

H. : 0,37 ; — L. : 0,24.

Plan des voûtes.

H. : 0,20 ; — L. : 0,35 1/2.

Une des compositions du plafond.

H. : 0,17 ; — L. : 0,28.

Plan de l'Escalier des Ambassadeurs, avec les mosaïques du rez-de-chaussée.

H. : 0,37 ; — L. : 0,56.

4 pièces.

57. — Escalier des Ambassadeurs :

Vue latérale, perspective.

H. : 0,36 ; — L : 0,29.

Vantail d'une des portes de l'Escalier des Ambassadeurs.

H. : 0,40 ; — L. : 0,13.

Aquarelles, 2 pièces.

58. — Escalier des Ambassadeurs :

Panneau de l'escalier, buste de Louis XIV.

H. : 0,30 ; — L. : •,26.

Motif principal de l'escalier.

H. : 0,29 ; — L. : 0,21.

Aquarelles, 2 pièces.

59. — Palais de Versailles. Voussure et plafond de l'Escalier des Ambassadeurs.

Superbe aquarelle. H : 0,25 1/2 ; — L. : 0,53.

60. — Vue en perspective de l'Escalier des Princes.

Aquarelle.   H. : 0,31 ; — L. : 0,33.

61. — Vue perspective de la Galerie des Batailles. Fête donnée en l'honneur du Tzar en 1897.

Aquarelle.   H. : 0,33 ; — L. : 0,44.

62. — Galerie des Batailles. Motif central. Coupe longitudinale.

Aquarelle.   H. : 0,38 ; — L. : 0,29.

63. — Galerie des Glaces. Motif du fond de la galerie du côté du Salon de la Paix.

Aquarelle.   H. : 0,48 ; — L. : 0,22.

Un des trophées entre deux colonnes avec leur chapiteau.

64. — Galerie des Glaces. Motif de niche.

Aquarelle.   H. : 0,34 ; — L. : 0,24 1/2.

65. — Galerie des Glaces. Travée du plafond : *Le Roi prend Maëstricht.*

Aquarelle.   H. : 0,39 ; — L. : 0,50.

66. — Galerie des Glaces.

H. : 0,52 ; — L. : 0,14.

Trophées ou chutes en bronze doré de la galerie.

H : 0,23 1/2 ; — L. : 0,05 1/2.

Aquarelles, 2 pièces.

67. — Grande Galerie :

Un médaillon de la Grande Galerie.

H. : 0,22; — L. : 0,14.

Un Trophée de la Grande Galerie.

H. : 0,18; — L. : 0,17.

Médaillon de la Galerie des Glaces. Voussure.

H. : 0,23; — L. : 0,18.

Aquarelles, 3 pièces.

68. — Salon de l'Abondance. Motif d'entrée.

Aquarelle. H. : 0,30; — L. : 0,30.

69. — Salon de Diane. Buste de Louis XIV, par Bernin.

Aquarelle. H. : 0,38; — L. : 0,33.

70. — Salon de la Guerre :

Angle et dessus de porte.

H. : 0,28 1/2; — L. : 0,12.

Pendentif du même salon.

H. : 0,28; — L. : 0,34.

Aquarelles, 2 pièces.

71. — Coupe d'ensemble du Salon de la Guerre.

Aquarelle. H. : 0,46; — L. : 0,34.

72. — Salon de la Guerre. Motif principal. Bas-relief en
marbre, de Coysevox, avec ses supports et ornements.

Aquarelle. H. : 0,26; — L. : 0,18.

73. — Voussure du plafond du Salon d'Hercule.

Plume et lavis.   H. : 0,36; — L. : 0,46.

Dessin ayant servi pour l'établissement du plafond du Salon d'Hercule.

74. — Angle du Salon de Mercure.

Aquarelle.   H. : 0,36; — L. : 0,29 1/2.

75. — Salon de la Musique. Décor intérieur et voussure.

Aquarelle.   H. : 0,44; — L. : 0,27.

76. — Face principale du Salon de la Paix.

Aquarelle.   H. : 0,26; — L. : 0,22.

77. — Pendentif du Salon de la Paix.

Aquarelle.   H. : 0,44; — L. : 0,36.

78. — Plafond du Salon de Vénus (partie centrale).

H. : 0,35 1/2; — L. : 0,25 1/2.

Angles du plafond du même salon.

H. : 0,28; — L. : 0,27.

Aquarelles, 2 pièces.

79. — Salon de Vénus (ensemble).

Aquarelle.   H. : 0,41; — L. : 0,33.

80. — Angle du Salon de Vénus, côté de la cheminée.

Aquarelle.   H. : 0,35; — L. : 0,24.

81. — Théâtre (Grand) Louis XV :

Ensemble du Théâtre Louis XV, coupe transversale.

Aquarelle.   H. : 0.40; — L. : 0,53.

Plan de l'ensemble du Grand Théâtre Louis XV.

Plume et lavis, 2 pièces.   H. : 0,76; — L. : 0,50.

82. — Théâtre (Grand) :

Les deux chutes ornant chaque côté de la scène.
2 pièces.

H. : 0,29. — L. : 0,04 1/2.

Les deux motifs de Pajou (du grand balcon du
Théâtre Louis XV). 2 pièces.

H. : 0,07; — L. : 0,37.

Aquarelles, ensemble 4 pièces.
Très jolies pièces d'ornement.

83. — Théâtre (Grand) Louis XV. Angle de la scène et
de la salle (restitution).

Aquarelle.   H. : 0,40; — L. : 0,30.

84. — Armoire à bijoux de Marie-Antoinette (au Grand
Trianon).

Aquarelle.   H. : 0,38; — L. : 0,31.

85. — Cheminée du Petit Cabinet Louis XVI.

H. : 0,32; — L. : 0,37.

Cheminée Louis XVI, de la Bibliothèque.

H. : 0,11; — L. : 0,15.

Aquarelles, 2 pièces.

86. — Lettres ornées avec les motifs de sculptures, peintures, bronze, etc. Couronnement des Dômes. Motif des Petites-Ecuries, Lancier de la Chapelle, Cartouche du Plafond, de Mignard, Motif de la Galerie des Glaces, Appartements de la Reine. 12 pièces.

87. — Panneaux et boiseries du Palais de Versailles : Panneau d'un des volets subsistants commencement de Louis XIV. Appartements du rez-de-chaussée. — Motif avec les initiales couronnées de la Chambre de Louis XV. — Panneaux des Petits Appartements Louis XVI. 2 pièces. — Panneaux de la Salle de la Méridienne. 2 pièces. — Panneaux encoignures de la Bibliothèque de Louis XVI. — Entourage pour le portrait de Louis XVI. — Boiserie de l'Œil-de-Bœuf. — Panneau du Salon de Musique. — Panneau de la Chambre du Conseil. — Panneau de la Salle de Bains de Mme Adélaïde. — Courte-pointe du lit du roi Louis XIV. — Plan de la Chambre à coucher de Louis XIV.

Aquarelles, 22 pièces.

Très belle collection de pièces d'ornement.

88. — Pendule de la Salle du Conseil.

H. : 0,41; — L. : 0,17.

Pendule de la Chambre du Conseil.

H. : 0,39; — L. 0,22.

Aquarelles.

4

89. — Plaque de cheminée du Salon d'Hercule.

H. : 0,26; — L. : 0,28..

Bas-relief de Pajou, balcon inférieur du Théâtre..

H. : 0,09; — L. : 0,24..

Dessus de porte du Salon de Vénus.

H. : 0,12; — L. : 0,21.

Fragment de corniche du Salon de Mars.

H. : 0,08; — L. : 0,21.

Aquarelle, 5 jolies pièces d'ornement.

LA CHAPELLE

~~~~~~~~~~~~~

90. — Palais de Versailles : Détails d'architecture et d'ornements de la Chapelle : Entablement et fenêtre de
l'Attique. — Couronnement des fenêtres. 2 pièces.
— Statue de l'Acrotère de la Chapelle (saint
Augustin et saint Gérôme, par Coustou). — Motif
central d'une voûte des bas côtés. — Voussure de
l'entrée de la Chapelle. — Mosaïque de marbre du
sol de la Chapelle. Ensemble, 8 pièces.

91. — Palais de Versailles :

Médaillon et chapiteaux de la Chapelle.

H. : 0,33; — L. : 0,25.

Chute de pilastre de la Chapelle. 2 pièces.

H. : 0,38; — L. : 0,15.

Ensemble, 3 pièces.

92. — Palais de Versailles :

Ornements de la Chapelle. Serrure. 2 pièces.

H. : 0,13; — L. : 0,13.

Balustres de cuivre de la Chapelle.

H. : 0,22; — L. : 0,11.

Grille de cuivre du chœur de la Chapelle.

H. : 0,27; — L. : 0,21.

Restitution d'un des deux édicules en bois sculpté et doré de la Chapelle.

H. : 0,46 ; — L. : 0,15.

Porte du rez-de-chaussée de la Chapelle.

H. : 0,38 ; — L. : 0,24.

6 pièces.

Belle réunion de pièces d'ornement.

93. — Palais de Versailles :

Campanile de la Chapelle.

H. : 0,36 ; — L. : 0,20.

Motif du chevet pour terminer la crête.

H. : 0,15 ; — L. : 0,12.

Crête couronnant la toiture.

H. : 0,13 ; — L. : 0,18,

Crête et menbron de la Cour de marbre. 2 pièces.

Aquarelles. Ensemble 5 pièces.

94. — Palais de Versailles : Bas-relief du vestibule du rez-de-chaussée de la Chapelle : *Le Passage du Rhin*. par Coustou.

Aquarelle.   H. : 0,38 ; — L. : 0,32.

95. — Palais de Versailles : Maître-Autel de la Chapelle.
Aquarelle.   H. : 0,45 ; — L. : 0,35.

96. — Vue perspective de l'intérieur de la Chapelle.
Aquarelle inachevée.   H. : 0,48 ; — L. : 0,34.

97. — Palais de Versailles : Un des petits autels de la
     Chapelle.

Aquarelle.   H. : 0,39; — L. : 0,28.

98. — Palais de Versailles : Tribunes du premier étage de
     la Chapelle.

Aquarelle.   H. ; 0,39; — L. : 0,28.

99. — Vue de l'Orgue de la Chapelle.

Aquarelle.   H. : 0,44; — L. : 0,35-

LE CHATEAU

~~~~~~~~~~~~

100. — Palais de Versailles : Statues de la Cour d'honneur :
L'Abondance, de Coysevox. — La Victoire sur
l'Espagne, par Girardon. — Groupe de la Paix,
par Tubi. — Groupe de la Victoire sur l'Empire,
par Marsy.

Aquarelles, 4 pièces.

101. — Palais de Versailles : Grande porte de la Grille de
la Cour d'honneur.

H. : 0,55 ; — L. : 0,40.

Cette belle aquarelle donne, en outre de la Grille, la vue
perspective de la Cour de marbre.

102. — Palais de Versailles :

Grilles d'entrée de l'Escalier de la Reine.

H. : 0,34 ; — L. : 0,20.

Grille de l'ancien Potager du Roi.

H. : 0,36 ; — L. : 0,28.

Pilastre de la Grille d'honneur.

H. : 0,46 ; — L. : 0,13.

Balcon de la Cour d'honneur, par Delobel.

H. : 0,15 ; — L. : 0,23.

Départ de l'Escalier principal du Palais du Petit
Trianon.

H. : 0,30 ; — L. : 0,21.

Grande porte de la Grille de la Cour d'honneur.
Dessin à la plume. H. : 0,73; — L. : 0,62.

Grille à côté de l'Orangerie et de la pièce d'eau
des Suisses.
8 pièces. H. : 0,26; — L. : 0,49.

103. — Palais de Versailles : Aile dite Louis XIII : Détails
d'architecture, sculptures et autres ornements de
cette partie du Château. Colonnes accouplées et
balcon de la Cour d'honneur. — Travées des
cours intérieures, 3 pièces. — Groupe supérieur et
balustrade de la Cour de marbre : l'Amérique,
par Regnaudin; l'Afrique, par Lehongre, 2 pièces.
— Clef des Arcades du rez-de-chaussée. — Chapiteau de l'Attique. — Fronton de la Cour de
marbre. Ensemble, 9 pièces.

104. — Façade principale de la Cour de marbre (état actuel).
Aquarelle. H. : 0,50; — L. : 0,71.

Dessin ayant servi aux restaurations.

105. — Sculpture : Trophée d'angle et Trophée intermé-
diaire, façade du côté du Parc. — Vase de la
façade ouest. — Trophée d'angle. Fronton principal Cour de marbre. — Vasque de l'allée des
Marmousets. 6 pièces.

106. — Palais de Versailles. Vue du Pavillon de l'Aile nord
et de la Cour d'entrée, d'après un dessin ancien.
Plume et sépia. H. : 0,33; — L. : 0,35.

107. — Palais de Versailles :

    Pavillon nord de l'architecte Gabriel. Cour d'honneur.

              H : 0,53; — L. : 0,44.

    Galerie des Tombeaux (Aile nord).

              H. : 0,40; — L : 0,24 1/2.

Aquarelles.

108. — Palais de Versailles : Façade sud de la Cour d'honneur et de la Chapelle. Plan des mêmes bâtiments, fin Louis XIV.

Plume, 2 pièces.   H. : 0,42; — L. : 0,60.

109. — Palais de Versailles : Façade sud de la Cour d'honneur et de la Chapelle (restitution Louis XIV).

Aquarelle.   H. ; 0,37; — L. : 0.52.

110. — Palais de Versailles : Façade sud (état actuel après restauration).

Aquarelle.   H. : 0,33; — L. 0,34

111. — Palais de Versailles : Vue du chevet de la Chapelle.

Aquarelle.   H. : 0,40; — L. : 0,28.

112. — Palais de Versailles : Motif principal de la façade sur le Parc.

Aquarelle.   H. : 0 54; — L. ; 0,39.

    On y a joint un grand dessin à la plume de la façade sur le Parc.

113. — Coupe d'ensemble de l'axe du Palais de Versailles.

Aquarelle.   H. : 0,45; — L : 0,59.

114. — Façade est du Théâtre, rue des Réservoirs.
Aquarelle.   H. ; 0,44 ; — L. : 0,32.

115. — Palais de Versailles. Façade nord du Palais (vue
des Réservoirs).
Aquarelle.   H. : 0,40 ; — L. : 0,57.

Cette façade, qui est fort jolie, est peu connue des visiteurs.

116. — Porte ancienne près des Grands Communs (actuellement l'Ecole militaire du Génie).
                               H. : 0,53 ; — L. : 0,41.

Superbe aquarelle, d'une sincérité d'exécution tout à fait
remarquable.

117. — Porte des anciennes Ecuries du Roi (actuellement
caserne du Génie).
Aquarelle.   H. : 0,39 ; — L. : 0,34.

118. — Porte du Grand Commun (actuellement Hôpital
militaire). Pièce remarquablement belle.
Aquarelle.   H. : 0,57 ; — L. : 0,35.

119. — Palais de Versailles :
Vue perspective de l'ancien Potager du Roi
(actuellement l'Ecole d'Horticulture).
                               H. : 0,27 ; — L. : 0,56.

Plan de l'ancien Potager de Louis XIV, créé
en 1678 par La Quintinye (Ecole d'Horticulture actuelle).
                               H. : 0,59 ; — L. : 0,47.

Plan de la Grande Orangerie.
                               H. : 0,35 ; — L. : 0,35.

Aquarelles

120. — Orangerie : Vue intérieure de la Grande Orangerie. Voûte circulaire.

Aquarelle.   H. : 0,44; — L. : 0,32 1/2.

121. — Entrée de l'Orangerie.

Très belle aquarelle.   H. : 0,44; — L. : 0,25.

122. — Orangerie : Allée latérale aux deuxièmes Cent-Marches et pièce d'eau des Suisses.

Aquarelle.   H. : 0,34; — L. : 0,41.

DESSINS

~~~~~~~~~~~~~

ÉCOLE FRANÇAISE

123. — Les Philistins atteints de la peste.

H. : 0,53; — L. : 0,73.

Très beau dessin du XVIIe siècle.

ÉCOLE FRANÇAISE DU XVIIIe SIÈCLE

124. — Projet de sculptures, trois statues.

H. : 0,19; — L. : 0,26.

Etude attribuée à Marsy.
Plume; encadré.

FONTAINE

125. — Entrée de Napoléon Ier aux Tuileries.
Aquarelle encadrée.   H. : 0,09; — L. : 0,24.

Très jolie aquarelle représentant l'Entrée des Tuileries, à gauche le carrosse passant sous l'Arc de Triomphe, avec la foule des spectateurs; au premier plan, au fond, le Louvre.

LAMBERT (Marcel)

126. — Acropole d'Athènes, vue intérieure. Restauration.
Aquarelle.   H. : 0,40; — L. : 0,70.

LAMBERT (Marcel)

127. — Etude sur Pompéi, décor sur muraille noire.
Aquarelle encadrée.   H. : 0,40; — L. : 0,30.

LAMBERT (Marcel)

128. — Etude sur Pompéi, décor sur muraille rouge.
Aquarelle encadrée.   H. : 0,25; — L. : 0,40.

LAMBERT (Marcel)

129. — Voie des Tombeaux à Pompéi, 2 pièces.
Encadrée.   H. : 0,24; — L. : 0,36.

LAMBERT (Marcel)

130. — Athènes. La voie des Tombeaux.
Aquarelle de forme ovale.   H. : 0,15; — L. : 0,19.

On y joindra un dessin au crayon représentant l'Acropole, en exergue : *Ecole française d'Athènes*. Revers d'une médaille de Roty.

LAMBERT (Marcel)

131. — Cloître de Monreale, 1876.
Aquarelle cadre vénitien.   H. : 0,18; — L. : 0,14.

LAMBERT (Marcel)

132. — Intérieur de l'église d'Osny.
Aquarelle encadrée.   H. : 0,40; — L. : 0,27.

LAMBERT (Marcel)

133. — Versailles. Le Monument de M. Hardy.
Projet d'un Kiosque dans le Parc, pour la musique.
Projet d'un théâtre de Guignol.
3 pièces.

SCOPPA (Guiseppe)

134. — Vue de Naples, de Posilippo.

Vue de Naples, de la mer.

Vue de Napoli, dol Carmine.

H. : 0,42; — L. : 0,64.

Gouaches, 3 pièces encadrées.

TOUSSAINT (H.)

135. — L'Air, statue de marbre, de Lehongre.

H. : 0,30; — L. : 0,14.

L'Hiver, statue de marbre, de Girardon.

H. : 0,36; — L. : 0,18.

Dessus de porte du Pavillon français.

H. : 0,18; — L. : 0,22.

Vantail d'une porte de l'Escalier des Ambassadeurs.

H. : 0,32; — L. : 0,09.

Ensemble, 5 pièces.

VAN CLÈVES

136. — Autel (Projet d').

Crayon rouge, encadré.   H. : 0,55; — L. : 0,28.

GRAVURES

~~~~~~~~~~~

AVELINE

137. — Vueue et Perspective de l'Entrée de Trianon de Versailles.

BAUDOIN ET HUET

138. — Baudoin. Le Goûter, gravée par Bonnet.
J.-B. Huet. Le Déjeuner, gravée par Bonnet.

Belles épreuves sans marges.

Encadrées.

BIGG (W.-R.)

139. — Le Retour du Jeune Matelot. — Jeune Matelot racontant son naufrage à la porte de sa chaumière. Gravées, par Schmitz. 2 pièces se faisant pendant.

Encadrées.

BOILLY (L.)

140. — Les Aveugles, lithographie de Delpech, en noir.

DEBUCOURT

141. — Le Menuet de la Mariée, 1786.

La Noce au Château, 1787.

Belles épreuves, tirage de Magnier.
Encadrées.

FRAGONARD (Honoré)

142. — La bonne Mère, grav. par De Launay.

Encadrée, sans marges.

FRAGONARD (Honoré)

143. — Le Serment d'Amour, grav. par J. Mathieu.

Encadrée.

LAGRENÉE (L.)

144. — Pygmalion amoureux de sa statue, gravé par Dennel.

Encadrée.

LE CHEVALIER

145. — Première et deuxième vues du Palais de Trianon, gravées par Duparc et Née (De la Description de la France, de Laborde).

La deuxième vue est *avant la lettre*.

PIRANESI

146. — Vues de Rome, 2 pièces.

Gravures rehaussées de couleurs.
Encadrées.

RAPHAEL (S.)

147. — Bataille de Constantin contre Maxence, gravé par Aquila.

Encadrée.

RIGAUD (H.)

148. — Portrait de Franciscus de La Peyronie, gravé par Daullé.

Encadré.

RIGAUD (J.)

149. — Vues de Versailles et des endroits remarquables du Jardin et du Parc, 20 pièces, in-fol. en feuilles, tirage de la Chalcographie.

ROSA (Salvator)

150. — Treize pièces tirées en bistre sur 6 planches.

SILVESTRE (Israël)

151. — Les Plaisirs de l'Isle enchantée. Fêtes données à Versailles en 1664. 9 pl. in-fol. Tirage de la Chalcographie.

On y joindra : Lepautre, Fêtes données à Versailles en 1668 et 1675. 5 planches. Même tirage.

SILVESTRE (I.)

152. — Vues du Château, du Parc, et Détails de la Grande Galerie. 21 pl. de la Chalcographie.

VRIS (A. de)

153. — Portrait de Jacques Boyceau, Escuyer, Sieur de la Baraudière, Intendant des Jardins du Roy. Grav. par Huret.

~~~~~~~~~~~~~~~~

A la suite de ce numéro, il sera vendu par lots de nombreux dessins de M. Marcel Lambert : Projets de monuments divers, Restaurations de l'Acropole d'Athènes. Très beaux dessins des ornements de la Colonne Trajane, du Forum, Temple d'Antonin et Faustine, Brescia. Ainsi que quelques lots de gravures.

~~~~~~~~~~~~~~~~

LIVRES

~~~~~~~~~~

154. — **Appartements** (Les) privés de S. M. l'Impératrice au Palais des Tuileries, décorés par Lefuel, publiés par Eug. Rouyer. *Paris, Baudry*, 1867, in-fol., 20 pl., en feuilles.

155. — **Architecte** (L'). Revue mensuelle de l'art archi-tectural ancien et moderne, publiée sous les auspices de la Société des Architectes diplômés par le Gouvernement. *Paris, Librairie centrale des Beaux-Arts*, 1910 à 1913, 4 années, in-4°, nombr. pl., en livr.

Collection de la 5e année (1910) à la 8e année (1913), moins les nos 10 et 11 de cette dernière.

156. — **Architecture** (L'). Journal hebdomadaire de la Société centrale des Architectes français. *Paris, Morel*, de l'origine, 1888 à 1913. Les années 1888 à 1894, 7 vol., in-fol., planches, demi-rel. chag. brun, tr. jasp., et de 1895 à 1913 en livraisons.

157. — **Art** (L') et les Artistes. Revue mensuelle d'art an-cien et moderne, sous la direction de Arm. Dayot. *Paris*, 1905-1913, 9 années, in-4°, fig., en livr.

Collection complète de l'origine, avril 1905 à décem-bre 1913 inclus.

158. — *Atlas curieux* ou le monde représenté dans des cartes générales et particulières, et orné des plans et descriptions des villes, églises, palais, maisons de plaisance, les jardins, les fontaines, par M. de Fer, géographe. *Paris*, 1705, in-4° oblong, veau brun. *(Rel. anc.)*

Cet Atlas contient les Plans de Paris, Versailles, et des principales villes de France au xviiie siècle, ainsi que de nombreuses vues de Paris, Versailles, Marly, Meudon, Fontainebleau, grav. par Silvestre.

159. — *Baudot.* La sculpture française au Moyen Age et à la Renaissance, ouvrage publié sous la direction de A. de Baudot. *Paris, Desfossez*, 1884, in-fol. contenant env. 400 motifs photographiés par Mieusement, en feuilles dans un carton.

160. — *Bellair* et *Saint-Léger.* Les Plantes de serre. Description, culture, emploi. *Paris, Doin*, 1900, in-8°, 627 fig. cart.

Jamain, Bellair et **Moreau.** La Vigne et le Vin. *Paris, Doin*, 1901, in-8° et 1 atlas br. Ensemble, 3 vol.

161. — *Berty* (Adolphe). La Renaissance monumentale en France, spécimens de compositions et d'ornementation architectoniques. *Paris, Morel*, 1864, 2 tom. en 1 vol. in-4°, 100 pl., demi-rel. chag. rouge.

162. — *Bibliothèque* de l'enseignement des Beaux-Arts, publiée sous la direction de Jules Comte. *Paris, Quantin*, s. d., 34 vol. in-8°, cart., sauf 4 vol. br.

163. — **Blanc** (Charles). Grammaire des Arts du dessin, architecture, sculpture, peinture. *Paris, Renouard,* 1881, gr. in-8°, fig., demi-rel. chag. rouge, tête dor.

164. — **Blondel** (Jacques-François). L'Architecture française. Réimpression exécutée sous les auspices du Ministère de l'Instruction publique, sous le contrôle de MM. Guadet et Pascal. *Paris,* s. d., 4 vol. in-fol., planches, demi-rel , dos et coins basane marbr., dos ornés, têtes rouges, non rogn.

165. — **Bourgeois** (Emile). Le Grand Siècle, Louis XIV, Les Arts, Les Idées. *Paris, Hachette,* 1896, in-4°, fig., br.

166. — **Brosses** (Charles de). Le Président de Brosses en Italie. Lettres familières. *Paris, Didier,* 1869, 2 vol. in-12 br.

167. — **Caumont** (A. de). Abécédaire ou rudiment d'Archéologie. Ere gallo-romaine. *Caen, Le Blanc-Hardel,* 1870, in-8° br.

Rich. Dictionnaire des antiquités romaines et grecques, accompagné de 2,000 gravures d'après l'antique, par Anthony Rich, trad. par Cheruel. *Paris, Didot,* 1873, in 12, fig., demi-rel., chag. rouge.

168. — **Cazes** (E.). Le Château de Versailles et ses dépendances. Histoire de l'art. *Versailles, Bernard,* 1910, in 8°, fig., débroché.

169. — **Chabat** (Pierre). Dictionnaire des termes employés dans la construction. *Paris, Morel*, 1875, 2 vol. — Complément. *Paris*, 1878. — Ensemble, 3 vol. gr. in-8°, demi-rel., chag. grenat, tr. jasp.

170. — **Choisy** (Auguste). L'Art de bâtir chez les Romains. *Paris, Ducher*, 1873, in-fol., 24 pl. en feuilles dans un carton.

171. — **Comptes** des Bâtiments du Roi sous le règne de Louis XIV, 1664 à 1715, publiés par Jules Guiffrey. *Paris, Impr. Nationale*, 1881-1901, 5 vol. in-4°, 3 cartonnés, 2 br.

De la collection des documents inédits sur l'Histoire de France.

172. — **Construction** (La) moderne, journal hebdomadaire illustré, directeur, P. Planat. *Paris*, de 1885 à 1913. Les années 1885-1893, 7 vol. in-fol., fig., demi-rel., chag. noir, et de 1894 à 1913 en livr.

173. — **Daly** et **Planat.** La Semaine des constructeurs, journal illustré des travaux publics et privés. *Paris*, 1876 à 1891, 14 années, en 9 vol. in-fol., demi-rel., chag. grenat.

174. — **Derand** (Le R. P. François). L'Architecture des voûtes ou l'art des traits et coupe des voûtes. *Paris, Cramoisy*, 1643, in-fol., nombr. fig., grav., demi-rel., chag. noir.

175. — **Desjardins** (Gust.). Le Petit Trianon, histoire et description. *Versailles, Bernard*, 1885, avec le supplément, 2 vol., in-8°, fig., broch.

176. — **Du Cerceau** (Jacques Androuet). Meubles. *Paris,*
Baldus, s. d., 50 pl.

> Grandes arabesques. *Paris, Baldus,* s. d., 50 pl.
>
> Les Petites arabesques. *Paris, Baldus,* s. d., 50 pl.
>
> Ensemble, 3 vol. in-fol. en feuilles dans des cartons.

177. — **Dumas** (Alex.). Filles, Lorettes et Courtisanes.
Paris, Dolin, 1843. — Jacques Ortis. *Paris, Recoules,*
1846. — **Alex. Dumas fils.** Péchés de jeunesse. *Paris,*
Fellens et Dufour, 1847.

> Ensemble, 3 ouvr. en 2 vol. in-8°, demi-rel., bas.,
> tr. jasp.
>
> Éditions originales de Filles, Lorettes, et de Péchés de
> jeunesse. Au Péché de jeunesse, une partie du faux-titre a
> été coupée, seule la signature de Dumas reste.

178. — **Duruy.** Histoire de Grecs depuis les temps les
plus reculés jusqu'à la réduction de la Grèce en province
romaine. *Paris, Hachette,* 1887, 3 vol. in-4°, nombr. fig.,
demi-rel., chag. rouge, fer spécial, tr. dor.

179. — **Eckard.** Recherches historiques et biographiques
sur Versailles ; seconde édition, revue, augmentée et
suivie de quelques autres écrits. *Versailles,* 1836, in-8°.
— Etats, au vrai, de toutes les sommes employées par
Louis XIV aux créations de Versailles, Marly, etc.,
depuis 1664 jusqu'en 1710, par Eckard. *Versailles,* 1836.
— Coup d'œil sur l'ouvrage de Vatout intitulé Souvenirs
historiques du Palais de Versailles. *Versailles,* 1837,
3 ouvrages en 1 vol. in-8°, demi-rel., mar. vert, dos
orné, non rogné. *(Rel. anc.)*

180. — *Encyclopédie* de l'Architecture et de la Construction, publiée sous la direction de P. Planat. *Paris, Dujardin*, 1888-1893, 6 tom. en 12 parties, gr. in-8° à 2 col. pl., 10 parties rel. demi-chag. rouge, les 2 dernières broch.

181. — *Flaxman* (Œuvre de). Recueil de ses compositions gravées par Reveil, avec analyse de *la Divine Comédie* du Dante et notice sur Flaxman. *Paris, Audot*, 1847, in-4° oblong, 268 planches, demi-rel., chag. brun, tr. jasp.

Iliade et Odyssée d'Homère, 75 pl. Eschyle, 31 pl. Dante : l'Enfer, le Purgatoire, le Paradis, 111 pl. Hésiode, 37 pl. Statues, 14 pl.

182. — *Fougères* (Gust.). Selinonte. La Ville, l'Acropole et les Temples relevés et restaurations par Hulot. *Paris, Massin*, 1910, in-fol., fig., br.

183. — *Fragments* d'architecture antique d'après les relevés et restaurations des anciens pensionnaires de l'Académie de France à Rome, publiés sous la direction de M. Espouy. *Paris, Schmid*, s. d., in-fol., en feuilles dans un carton.

184. — *Gailhabaud* (Jules). Monuments anciens et modernes, collection formant une histoire de l'architecture des différents peuples à toutes les époques. *Paris, Didot*, 1870, 4 vol. in-4°, nombr. pl., demi-rel. chagr. rouge, tr. jasp.

185. — *Gaillardin* (Casimir). Histoire du règne de Louis XIV, récits. *Paris, Lecoffre*, 1871, 6 vol. in-8°, br.

186. — **Garnier** (Charles). Le Nouvel Opéra de Paris. *Paris, Ducher*, 1878, 2 vol. gr. in-8° br., de texte, et 2 vol. in-fol., de planches, en feuilles en carton.

Monographie de l'Opéra de Paris, planches en couleur.

187. — **Gazette des Beaux-Arts.** Courrier européen de l'Art et de la Curiosité, de l'origine, 1859 à 1910. *Paris,* 1859-1910, 107 vol. — Tables de 1859 à 1892, 4 vol. — Ensemble, 111 vol. gr. in-8°, nombr. fig., demi-rel. chag. bleu poli, dos orné, tête dor., ébarbé.

Collection complète de cette importante Revue.

188. — **Gille** (Philippe). Une promenade à Versailles et aux Trianons, illustrée de 40 eaux-fortes par Eugène Sadoux, et de dessins par F. Prodhomme. *Versailles, Bernard*, 1892, in-4°, pl., maroq. rouge dent., dos orné, dent. inter., tr. dor.

Aux armes de la ville de Versailles, même reliure que les exemplaires offerts aux officiers de l'Escadre russe en octobre 1893.

189. — **Gille** (Philippe). Causeries sur l'art et les artistes. *Paris, Calmann-Lévy*, 1894, in-12., br., couv.

Un des 15 exemplaires sur grand papier de Hollande numéroté.

190. — **Gille** (Philippe). Versailles et les Deux Trianons, dessins et relevés par M. Marcel Lambert, architecte des Domaines de Versailles et des Trianons. *Tours, Mame*, 1899, 2 vol. in-fol., fig., br., emboîtage.

Très bel ouvrage publié à 300 francs, orné de 75 pl. en couleur hors texte et 400 sujets dans le texte.

Mouillures au tome second.

191. — **Gonse** (Louis). L'Art gothique, l'Architecture, la Peinture, la Sculpture, le Décor. *Paris, Quantin*, s. d., in-fol., cart., tête dor., ébarbé.

192. — **Gosset** (Alphonse). Traité de la Construction des Théâtres. Principes généraux, machinerie, éclairage, acoustique, etc. *Paris, Baudry*, 1886, in-4°, pl., cart. toile.

193. — **Gromort** (G.). Choix de plans de grandes compositions exécutées représentant, avec leurs jardins, une série d'ensembles de l'antiquité, de la Renaissance et des temps modernes, 20 pl. *Paris, Vincent*, 1910, in-fol.

Farge (L.). Les Constructions françaises et étrangères à l'Exposition de 1889. *Paris, Daly*, s. d., in-fol.
Ensemble 2 volumes in-fol., en feuilles en cartons.

194. — **Guadet** (J.). Eléments et théorie de l'Architecture, cours professé à l'Ecole nationale des Beaux-Arts. *Paris, Aulanier*, s. d., 3 vol., gr. in-8°, nombr. fig., broch.

195. — **Havard** (Henry). Histoire de l'Orfèvrerie française. *Paris, May*, 1896, in-4°, fig., br.

196. — **Heidelberg.** Monographie du château de Heidelberg, dessinée et gravée par R. Pfnor. *Paris, Morel*, 1874, in-fol., en feuilles dans un carton.

197. — **Krafft** (J.-Ch.). Traité sur l'Art de la Charpente théorique et pratique. *Paris, chez l'auteur*, 1819, 6 parties, in-fol., pl., demi-rel., vélin vert.

Manque la seconde partie. Texte en français, en allemand et en anglais. La 6e partie est consacrée à la construction des théâtres (1re section). On y joindra : Traité des Echafaudages. *Paris, Roret*, 1856, in-fol., demi-rel.

198. — *Laborde* (Comte Alex. de). Versailles ancien et moderne. *Paris, Schneider et Langrand*, 1841, gr. in-8°, nombr. grav. sur bois, demi-rel. chag. bleu, dos orné, tr. marbr.

199. — *La Fontaine.* Fables avec les dessins de Gustave Doré. *Paris, Hachette*, 1867, 2 vol. in-fol., cart.

Edition de luxe avec les figures tirées sur papier de Chine.

200. — *Lavisse* (Ernest) et *Rambaud* (Alfred). Histoire générale du ive siècle à nos jours. *Paris, Colin*, 1893, 12 vol. in-8°, demi-rel. veau fauve, têtes dor., non rogn.

201. — *Le Brun.* Recueil de divers Desseins de Fontaines et de Frises maritimes inventez et désignez par M. Le Brun. *Paris, chez Edelinck*, in-fol., titre grav. et 36 sujets sur 27 pl. — Divers desseins de décorations de Pavillons Inventez par M. Le Brun. *A Paris, chez Edelinck*, s. d., in-fol., titre grav. et 9 pl. — Testelin. Abrégé des Préceptes de la Peinture, *s. l. (Paris)*, n. d., in-fol., 1 f. de dédicace et 6 ff. de texte gravés.

Designo della Logia di San Pietro in Vaticano. Opera che deveа dipinger si dal cavaro Giovannai Lanfranco Da lui Delineato et Intagliato da Pietro Santi Bartoli. *S. l.*, n. d., titre et 17 pl. in-fol. Ensemble 4 parties en 1 vol. in-fol., demi-rel., bas. verte.

202. — *Le Pautre.* Collection des plus belles compositions de Le Pautre gravée par Decloux et Doury. *Paris, Noblet*, s. d., in-fol., 100 pl., demi-rel. chag. rouge.

203. — **Leroi** (J.-A.). Histoire de Versailles, de ses rues, places et avenues, depuis l'origine de cette ville jusqu'à nos jours. *Versailles, Oswald*, s. d., 2 vol. in-8°, fig., cart. demi-toile, non rogn.

On y joindra : Des eaux de Versailles. Dans leurs rapports historique et hygiénique, par J.-A. Leroi. *Paris*, 1847, in-8°, fig., br.

204. — **Letarouilly** (Paul). Edifices de Rome moderne ou Recueil des palais, maisons, églises, couvents et autres monuments publics et particuliers les plus remarquables de la ville de Rome. *Paris, Morel*, s. d., 3 vol. in-fol., front., plan et 354 pl. et 3 vol. de texte in-4°. Ensemble 6 vol., demi-rel. chag. brun, tr. jasp.

205. — **Littré** (E.). Dictionnaire de la Langue française. *Paris, Hachette*, 1873, 4 vol. in-4°, demi-chag. noir, plats toile, rel. fatiguée.

206. — **Manesson-Mallet** (Allain). La Géométrie pratique divisée en quatre livres. Ouvrage enrichi de cinq cents planches gravées en taille douce. *Paris, Anisson*, 1702, 4 vol. in-8°, fig., veau marbr., dos ornés, tr. rouge. *(Rel. anc.)*

207. — **Mangin** (Arthur). Histoire des Jardins chez tous les peuples, depuis l'antiquité jusqu'à nos jours. Dessins par Anastasi, Daubigny, Foulquier, Français, Freemann, Giacomelli. *Tours, Mame*, 1883, in-fol., cart., fers spéciaux, tr. dor.

208. — **Ménard** (René). La Mythologie dans l'Art ancien et moderne, suivie d'un appendice sur les origines de la mythologie, par Eug. Véron. *Paris*, 1878, gr. in-8°, fig., br.

209. — ***Michel*** (André). Histoire de l'Art depuis les premiers temps chrétiens jusqu'à nos jours. *Paris, Colin,* 1905, 7 vol. in-4°, nombr. fig., demi-rel. chag. brun, têtes dor., non rogn.

Du tome Ier à la 1re partie du tome IV inclus.

210. — ***Normand*** (Charles). La Troie d'Homère. *Paris,* s. d., in-4°, pl.

Lycosoura. Exploration archéologique et artistique de la Morée. *Paris*, s. d., in-4°, pl.

Les Envois de Rome. Restaurations des monuments anciens. 1re partie. Architecture grecque. *Paris, Pourchet,* s. d., in-4°, pl.

Fauré. La Grèce et ses colonies, les Temples, les Propylées, les Portiques. *Paris, Daly,* 1892, in-4°, pl.

Ens. 4 vol. in-4°, nombr. pl. en feuilles dans des cartons.

Les ouvrages de Ch. Normand sont des exemplaires sur papier du Japon numérotés.

211. — ***Office*** de la Semaine Sainte, en latin et en français, à l'usage de Rome et de Paris. *Paris, veuve Mazières,* 1746, in-8°, titre gravé, fig., mar. rouge, compart. dor. couvrant les plats, dos orné, dent. intér., tr. dor. *(Rel. anc.)*

Aux armes de Marie-Joseph de Saxe. Reliure très bien conservée.

212. — ***Palustre*** (Léon). La Renaissance en France. Dessins et gravures sous la direction de Eugène Sadoux. *Paris, Quantin,* 1885, 5 livr. in-fol., br.

Exemplaire sur papier de Chine, avec le tirage à part des figures sur papier du Japon.

213. — *Perelle.* Vues des plus beaux bâtiments de France. *Paris, Langlois*, s. d. (vers 1685), in-fol., oblong. Tables manuscrites et 286 pl. grav., veau fauve, fil à froid, fleuron d'angles, au centre les armes de France, dos orné, dent. inter., tr. dor. *(Cabrol.)*

Très bel exemplaire avec 286 pl. de vues de Paris, Meudon, Versailles, Saint-Germain, Choisy, Fontainebleau, Chantilly, Monceaux, Chambord, Richelieu, et de Rome.

L'exemplaire contient une table des planches manuscrite sur peau de vélin.

214. — *Petit de Julleville* (L.). Histoire de la Littérature française, des origines à 1900. *Paris, Colin*, 1896, 8 vol. gr., in-8°, demi-rel. chag. grenat, dos ornés, têtes dor., non rogn.

215. — *Pfnor* (Rodolphe). Monographie du Palais de Fontainebleau, dess. et gravée par R. Pfnor, accompagnée d'un texte par Champollion-Figeac. *Paris, Morel*, 1863, 2 vol. in-fol., pl., demi-rel. chag. roug., dos ornés, têtes dor., non rogn.

On y joindra : Architecture et décoration des époques Louis XIV, Louis XV et Louis XVI, au Palais de Fontainebleau, par R. Pfnor, formant le 3e vol. publ. en 1885, en feuilles.

216. — *Piganiol de La Force.* Nouvelle description des Châteaux et Parcs de Versailles et de Marly, contenant une explication historique de toutes les peintures, statues, vases, ornements, les noms des peintres, sculpteurs et graveurs qui les ont faits. *Paris, Delaulne*, 1717, 2 vol. in-12, fig., veau brun, dos ornés. *(Rel. anc.)*

217. — *Piganiol de La Force.* Nouvelle description des châteaux et parcs de Versailles et de Marly, contenant une explication historique de toutes les peintures, statues, vases, ornements, les noms des peintres, sculpteurs et graveurs qui les ont faits. *Paris, Aumont,* 1764, 2 vol. in-12, fig., veau fil, dos ornés, dent. inter., tr. rouge. *(Petit.)*

218. — *Piganiol de La Force.* Description historique de la ville de Paris et de ses environs. Nouvelle édition, revue, corrigée et considérablement augmentée, avec des figures en taille-douce. *Paris,* 1765, 10 vol. in-12, fig., veau marbr., dos ornés, tr. marbr. *(Rel. anc.)*

219. — *Planat.* Hôtels privés. *Paris, Dujardin,* s. d., in-fol., 80 planches en couleur, en livraisons.

220. — *Pottier* (E.), *Reinach* (S.), *Veyries* (A.). La Nécropole de Myrina. Recherches archéologiques exécutées au nom et aux frais de l'Ecole française d'Athènes. *Paris, Thorin,* 1888, texte et atlas, 2 vol. in-4°, fig., demi-rel. chag. rouge.

221. — *Rabelais.* Œuvres. Edition Variorum, augmentée de pièces inédites, des Songes drolatiques de Pantagruel, et d'un nouveau Commentaire, par Esmangart et Eloi Johanneau. *Paris, Dalibon,* 1823, 9 vol. in-8°, fig. de Deveria, br.

222. — *Raphaël.* Architecture et ornement de la loge du Vatican. Ouvrage du renommé Raffael Sanzius d'Urbin, contenant xxviii tables qui, jointes deux à deux, forment les xiv pilastres de la même loge. *Venise, Santini,* 1783, in-fol. oblong, titre grav. et 14 pl. doubles, demi-rel. chag. roug.

223. — *Revue* de l'Art ancien et moderne. Directeur : Jules Comte. *Paris*, 1897-1913, 16 années, in-4°, nombr. fig., en livr.

Collection complète de l'origine, avril 1897 à janvier 1913 inclus, 190 numéros; manque le 10 juin 1911 (n° 171).

224. — *Revue* de l'Histoire de Versailles et de Seine-et-Oise. *Versailles, Bernard,* 1899-1913, 14 années, in-8°, fig., en livraisons.

Collection de l'origine, février 1899 à août 1913; manquent le n° 3 de 1901, n° 3 de 1902, n°ˢ 1 et 2 de 1913.

225. — *Reynaud* (Léonce). Traité d'Architecture. Art de bâtir, études sur les matériaux de construction et les éléments des édifices. *Paris, Dunod,* 1875, 2 vol. in-4° de texte et 2 vol. in-fol. de planches. Ens. 4 vol., demi-rel. chag. rouge, têtes dor.

226. — *Saint-Pierre.* Paul et Virginie. *Paris, Lefèvre,* 1828, fig. — La Chaumière indienne. *Paris, Lefèvre,* 1829, fig. — 2 ouvrages in-32, fig., veau rouge, fers à froid, dos ornés, dent. inter., tr. dor. *(Rel. rom.)*

227. — *Sauvageot* (Claude). Palais, Châteaux, Hôtels et Maisons de France, du xvᵉ au xviiiᵉ siècle. *Paris, Morel,* 1867, 4 vol. in-fol., pl., demi-rel. chag. rouge.

228. — *Tasso.* La Gerusalemme liberata di Torquato Tasso con le figure di Giambatista Piazzetta. *Venetia,* 1745, in-fol., front., 18 fig., 18 en-têtes vignettes, veau, dos orné, tr. roug. *(Rel. anc.)*

229. — **Tassoni** (Alex). La Secchia rapita poema eroico-
mico. *In Parigi, Prault,* 1766, 2 vol. in-8°, front. fleu-
rons, 12 vignettes, 12 figures et 12 culs-de-lampe de Gravelot, veau marbr., fil, dos ornés, tr. dor. Initiales H. R.
sur les plats. *(Rel. anc.)*

Jolie édition illustrée par Gravelot.

230. — **Théocrite.** Idylles et autres poésies traduites en
français, avec le texte grec, des notes critiques, la version
latine et un discours préliminaire par Gail. *Paris, Impr.
Didot,* 1792, in-8°, mar. rouge, dent., dos orné, dent. inter., tr. dor. *(Rel. anc. de Ant. Lemonnier.)*

231. — **Thomassin** (Simon). Recueil des figures, groupes,
thermes, fontaines, vases, et autres ornements tels qu'ils
se voient à présent dans le Château et Parc de Versailles.
Ce livre contient deux cent vingt planches. *Paris, chez
Thomassin,* s. d. (1694), in-8°, veau granit., dos orné, tr.
jasp. *(Rel. anc.)*

Très bel exemplaire contenant 244 planches.

232. — **Trousset.** Nouveau Dictionnaire encyclopédique
universel illustré, répertoire des connaissances humaines.
Paris, Librairie illustrée, s. d., 7 vol., demi-rel. chag.
vert, plats toile, tr. jasp.

233. — **Versailles.** Description de la Grotte de Versailles.
Augsprurg Ulr. Krausen, s. d. (vers 1680), in-4°,
12 pages texte français, 16 pages texte allemand et 20 pl.
grav., cart.

234. — *Versailles* et les Deux Trianons. Texte par Philippe Gille, de l'Institut, relevés et dessins par Marcel Lambert, architecte des Domaines de Versailles et des Trianons. Edition nationale. *Tours, Mame*, s. d., 2 vol. in-fol., nombr. pl. hors texte et dans le texte impr. en couleur, br.

235. — *Versailles.* Grand Escalier du Château de Versailles dit Escalier des Ambassadeurs, ordonné et peint par Charles Lebrun. Consacré à la mémoire de Louis le Grand. *Paris, Surugue*, s. d. (1725), in-fol., pl., demi-rel. mar. vert. *(Rel. anc.)*

Grand plan de Versailles par Le Pautre, titre et 5 ff. de texte gravés et 24 planches gravées par Surugue et Loyer.

236. — *Versailles* illustré. Publication mensuelle de l'Association artistique et littéraire. *Versailles*, 1896-1905, 9 années, in-4°, fig., en livr.

Collection de l'origine, n° 1, avril 1896, au n° 108, mars 1905, manque le n° 44, novembre 1899.

237. — *Versailles.* Le Château de Versailles. Architecture et décoration, introduction et notices par Gaston Brière, attaché à la conservation du Musée. *Paris, Libr. centrale des Beaux-Arts*, s. d. (1907), 2 vol. in-fol., en livr.

Important ouvrage orné de 200 planches sur l'architecture et la décoration du Château.

238. — *Versailles.* Monographie des Palais et Parcs de Versailles et des Trianons. Notice par Roussel. *Paris, Guérinet*, s. d., in-fol., 180 pl., en feuilles, en cart.

239. — ***Versailles.*** PÉRATÉ. Les Villes d'art célèbres : Versailles. *Paris, Laurens,* 1904, in-4°, fig. — JEHAN. Le Labyrinthe de Versailles et le Bosquet de la Reine. *Versailles, Bernard,* 1901, in-4°, fig. — DELEROT. Ce que les poètes ont dit de Versailles. *Versailles,* 1870.

Ens. 3 ouvr. et 3 plaq., in-8° et in-4°, br.

240. — ***Versailles.*** Plan actuel du Domaine et de la Ville de Versailles dressé, en 1898, par M. Marcel Lambert, architecte. In-plano, monté sur toile.

Document important et *unique.* Ce magnifique plan a été relevé et entièrement dessiné à la plume par M. Marcel Lambert, avec les indications d'altitudes, le métrage des allées, des pièces d'eau et des bâtiments du Château, etc.

241. — ***Versailles.*** Les Plans, Profils et Elévations des Ville et Château de Versailles, avec les bosquets et fontaines, Tels qu'ils sont à présent, Levez sur les lieux, dessinez et gravez par les meilleurs maîtres. *Paris, Vanheck,* 1716, in-fol., titre et privilège, 2 ff., 2 pl. — Les Plans, Coupes et Profils de la Chapelle du Château Levez et Gravez par Le Pautre, 13 pl. — 37 pl., vues de Versailles, 6 pl., vues de Marly. *Paris, Vanheck,* 1716, in-fol.

Ens. 60 pl., veau fauve, fil, dos orné, tr. rouge.

Très beau recueil contenant 60 pl. de Le Pautre, Menant, Girard, etc. Belles épreuves.

242. — ***Viollet-Le-Duc.*** Entretiens sur l'Architecture. *Paris, Morel,* 1873, 2 vol. in-8°, avec 200 gravures sur bois dans le texte et un atlas in-4° de 36 pl. — Ens. 3 vol. Le texte demi-rel. chag., l'atlas en feuilles dans un carton.

243. — *Viollet-Le-Duc.* Dictionnaire raisonné de l'Architecture française du xie au xvie siècle. *Paris, Morel,* 1875, 10 vol. in-8°, fig., demi-rel. chag. rouge, tr. jasp.

A la suite de ce numéro, il sera vendu en lots de bons ouvrages sur l'architecture, sur la construction, la coupe des pierres, la perspective : Paladio, Planat, Ramée, Denfer, Frezier, Delarue, Monduit, Jeaurat, Le Clerc.

Ouvrages sur Versailles.

Collection de *L'Illustration,* de 1902 à 1913.

Env. 225 pièces de théâtre et romans de *L'Illustration,* dictionnaires, romans, voyages, brochures sur les beaux-arts, journaux, revues.

TABLES DES MATIÈRES

~~~~~~~~~~~~~~~~~~~~~~~

ORDRE DES VACATIONS

~~~~~~~~~~~~~~~~~~~~~~~